T0128450

EL CIELO SE ESTÁ CAYENDO

ROSA M MARRERO SORIA

Para realizar pedidos de este libro, contacte con:
Xlibris
1-844-714-8691
www.Xlibris.com
Orders@Xlibris.com

ISBN: Tapa Dura   978-1-6698-7848-3
             Libro Electrónico   978-1-6698-7849-0

Información de la imprenta disponible en la última página.

Fecha de revisión: 05/19/2023

Había una vez un pollito bien lindo en el jardín de la casa de los bisabuelitos de Nickolas, Maximilian, y Penelope. Era amarillo y suave como una florecita de acacia Los ojitos le brillaban. Era muy travieso y muy curioso. Se le ocurrían cosas muy extrañas. Se pasaba todo el día buscando gusanitos y mirándose en el lavadero. Mamá gallina le había dicho que el lavadero era profundo y el agua muy fría, que tuviera cuidado y no fuera a caerse dentro. El pollito de Nickolas, Maximilian, y Penelope era muy cuidadoso, pero le gustaba ver cómo desde allí dentro del agua, lo miraba otro pollito que temblaba cada vez que hacía un poco de viento.

Una tarde, el pollito estaba distraído,mirando las nubes chiquititas y el roble florecido. La nube más pequeña era más grande que él. De repente se le ocurrió pensar en lo que pasaría si una nube se cayera. Pensando en eso estaba cuando una florecita de a acacia se desprendió de una rama. El pollito tembló de patas a pico y salió corriendo a esconderse debajo del ala de su mamá gallina. Al verlo tan asustado, mamá gallina le preguntó qué le pasaba.

El cielo se está cayendo!
Como lo sabes hijito?
Porque encima de la cola
Me a caído un pedacito!

La gallina notó que el pollito tenía algo color de rosa encima de la cola y como por las tardes las nubes se ponen rosadas, no se paró a pensar y toda asustada, le dijo:

Vamos corriendo,hijito,
Vamos a dar la noticia
Y a buscar sitio seguro.
Antes que el resto del cielo
Nos valla a caer encima!

El primer animalito que encontraron en el camino, fue un pato. Iba caminando despacio, como si le dolieran las patitas. Cuando los vio llegar tan aprisa y asustados, les preguntó qué pasa?

Que el cielo se está cayendo! Dijo la mamá gallina. El pato miró hacia arriba y no vio que al cielo le faltara Ningún pedazito. Con voz lenta, como su andar Preguntó?

Cómo lo sabes gallina?
Pues me lo dijo el pollito!
Cómo lo sabes, pollito?

Porque encima de la cola me ha caído un pedacito. El pato miro y se dio cuenta de que el pollito tenía algo encima de la cola. Cómo ya empezaba a oscurecer, no podía ver bien lo que era, pero como el pollito y la gallina se veían tan asustados, sin volver a pensarlo,dijo:

Me voy con ustedes, vamos!
Hay que regar la noticia
Y buscar sitio seguro
Antes que el resto del cielo,
Nos vaya a caer encima!

Caminando de prisa, llegaron a donde estaba un ganso. El ganso estaba comiendo. Al verlos tan asustados, les preguntó:

Que pasa, compañeros?
El pato respondió:
Que se está cayendo el cielo!
El ganso miro hacia arriba, pero no vio nada diferente. Lo único que pasaba era que ya estaba empezando a oscurecer. Un poco molesto, creyendo que le querían hacer una broma, preguntó:

Quién dijo tal tontería?
Me lo dijo la gallina.
Y a ella, quien se lo dijo?

Pues me lo dijo el pollito que sintió
cuando en la cola le caía un pedacito.

El ganso miró al pollito y vio que encima de su cola, había algo. Cómo ya estaba bastante oscuro, no podía saber lo que era, pero el pollito estaba temblando, la gallina estaba temblando y él empezó a sentir miedo.

Pues vamos a ver qué hacemos;
hay que regar la noticia
Y buscar sitio seguro
antes que el resto del cielo
nos vaya a caer encima!

Corre que te corre, llegaron donde estaba una pava y un pavo. Ya se habían acomodado en el dormidero. Al oír el alboroto que formaban el pollito, la gallina,el pato y el ganso,los pavos se sacudieron. Con voz alterada preguntaron:

Porque alborotan tanto?
No saben que están prohibidos
Los ruidos innecesarios?
El ganso estiró el pescuezo y dijo casi gritando:
El cielo se está cayendo van a quedar aplastados!

El pavo miró a la pava y la pava miró al cielo, pero no vio nada raro en él y dijo muy enojada:

Grandísima tontería,
A quién se le ocurrió esto?
El ganso, todo asustado, dijo:
A mí me lo dijo el pato!

El pavo y la pava miraron al pato y le preguntaron:
Y tú de dónde sacastes tan enorme disparate?

El pato contestó, temblando:
Me lo dijo, la gallina.

La gallina no esperó a que le preguntaran y dijo:
Miren a mi hijo el pollito,Como prueba de que es cierto,
Trae encima un pedacito!

El pavo y la pava miraron al pollito y en la oscuridad, se dieron cuenta que tenía algo encima de la cola. La pava volvió a mirar al cielo. Cuándo estaba mirándolo, vio que una estrella guiñaba, y como el miedo se pega, creyó que era un agujerito.

Toda azorada, dijo:

Es cierto, miren, es cierto, allí quedo un agujerito! Salieron corriendo juntos el pollito, la gallina, el pato, el ganso, el pavo y la pava. Toda la noche se la pasaron buscando a quién más darle la noticia. Cuando ya clareaba, llegaron a la casa dónde vivían Nickolas, Maximilian y Penelope. Los niños estaban en el jardín jugando. Al ver aquel grupo de aves que se acercaban, se miraron y se pusieron a pensar. Cuándo estuvieron bien cerca, preguntaron qué les pasa?

Toda agitada, la pava fue la que habló:

>Nickolas, Max, y Penelope
>Vengo a darles la noticia:
>el cielo se está cayendo
>Y nos va a caer encima!
>nos defenderás dejando
>que entremos a tu casa?

Nickolas, Max y Penelope sonrieron y miraron extrañados a los animales. Todos estaban temblando. Ellos miraron al cielo y vieron que estaba azul y ya empezaba a brillar el sol. Con voz muy suave, preguntaron:

> Quién dijo que el cielo
> se estaba cayendo?
> Al pavo y a mí,
> nos lo dijo el ganso.
> Y a mí el pato.
> Y a mí la gallina.
> Y a mí me lo dijo
> mi hijito el pollito,
> que aún tiene en la cola un pedacito!

Los chicos miraron al pollito y vieron que tenía algo rosado encima de las plumas de la cola. Se acercaron a él, y tomando entre sus dedos la florecita de acacia, que ya estaba un poco marchita, se la enseñaron a todos, riendo con todas sus ganas.

Que alboroto se formó!
Cada uno reía a su manera:
pio, pio, pio, cloc, cloc, cloc
rue,rue,rue,glo,glo,glo, bob,bob,bob!

Nickolas, Maximilian y Penelope en medio de la rueda que habían formado las aves, con el pollito en su mano, acariciandolo les invitó a entrar en la marquesina y les hizo una gran fiesta con migas de bizcocho, pan y galletas, de la que salieron todos muy, muy contentos.

Colorín, colorado aquí se acabó mi cuento!

Dedicado con mucho amor a mi nietos:

Nickolas Hernandez
Maximillian Joos
Penelope Joos

Printed in the United States
by Baker & Taylor Publisher Services